CAMBITOS

CB067377

BLANDINA FRANCO ✵ TINO FREITAS

CAMBITOS
uma história de gente fina

GUILHERME KARSTEN
ilustrações

Editora do Brasil

© Editora do Brasil S.A., 2022
Todos os direitos reservados

Texto © Blandina Franco e Tino Freitas
Ilustrações © Guilherme Karsten

Direção-geral: Vicente Tortamano Avanso

Direção editorial: Felipe Ramos Poletti
Gerência editorial: Gilsandro Vieira Sales
Gerência editorial de produção e design: Ulisses Pires
Edição: Paulo Fuzinelli
Assistência editorial: Aline Sá Martins
Apoio editorial: Maria Carolina Rodrigues, Suria Scapin e Lorrane Fortunato
Supervisão de design: Dea Melo
Capa e design gráfico: Raquel Matsushita
Edição de arte: Daniela Capezzuti
Diagramação: Entrelinha Design
Supervisão de revisão: Elaine Silva
Revisão: Júlia Castello Branco
Supervisão de iconografia: Léo Burgos
Pesquisa iconográfica: Daniel Andrade e Priscila Ferraz
Supervisão de controle de processos editoriais: Roseli Said

Dados Internacionais de Catalogação na Publicação (CIP)
(Câmara Brasileira do Livro, SP, Brasil)

Franco, Blandina
   Cambitos : uma história de gente fina /
Blandina Franco, Tino Freitas ; Guilherme Karsten,
ilustrações. -- 1. ed. -- São Paulo : Editora do
Brasil, 2022. -- (Cometa literatura)

   ISBN 978-85-10-08623-3

   1. Literatura infantojuvenil I. Freitas, Tino.
II. Karsten, Guilherme. III. Título. IV. Série.

22-103298   CDD-028.5

Índices para catálogo sistemático:

1. Literatura infantil   028.5
2. Literatura infantojuvenil   028.5

Cibele Maria Dias - Bibliotecária - CRB-8/9427

1ª edição / 2ª impressão, 2024
Impresso na A.R. Fernandez

Editora do Brasil

Avenida das Nações Unidas, 12901
Torre Oeste, 20º andar
São Paulo, SP – CEP: 04578-910
Fone: + 55 11 3226-0211
www.editoradobrasil.com.br

abdr
ASSOCIAÇÃO BRASILEIRA DOS DIREITOS REPROGRÁFICOS

Respeite o direito autoral

DEDICATÓRIA

A toda gente fina e vacinada
que gosta de ler e anda desarmada.

INTRODUÇÃO

Como toda boa história, esta começa com uma introdução, seguida de uma descrição. Logo depois, claro, tem uma indiscrição, que culmina com uma incriminação, que provocará um problemão, que nos trará a solução. Tudo isso é lógico, sem lógica e sem razão, para fazer você prestar mais atenção.

Esta história foi vovó quem me contou e, como um chiclete, na minha memória grudou. Parece mentira, mas não é! Vovó jura que é verdade e eu coloco a maior fé! Quem contou pra ela foi um conhecido distante, chamado Nobar Bante, que era casado com uma cartomante que também era costureira e que repetia pra cidade inteira que seu marido não podia pegar a ponta de um fio que desenrolava um novelo, e daí pra virar novela era uma piscadela.

Vovó dizia que é uma história muito antiga, que fala de uma intriga com uma personagem que a imaginação de todos instiga.

Contava ela que, no tempo do onça, numa cidadezinha cheia de gente sonsa que se achava gente fina, um estrangeiro de aparência amarga sofreu uma estranha sina.

E esse personagem desembarcou menino órfão naquela cidade, e dele ninguém sabia nem o nome nem a idade. E como desde que o mundo é mundo o povo estranha o que desconhece, de boca em boca a história sempre cresce.

E, no final, o que era um probleminha virou um problemão, fácil, fácil. E com esse problemão dá pra escrever um cartapácio.

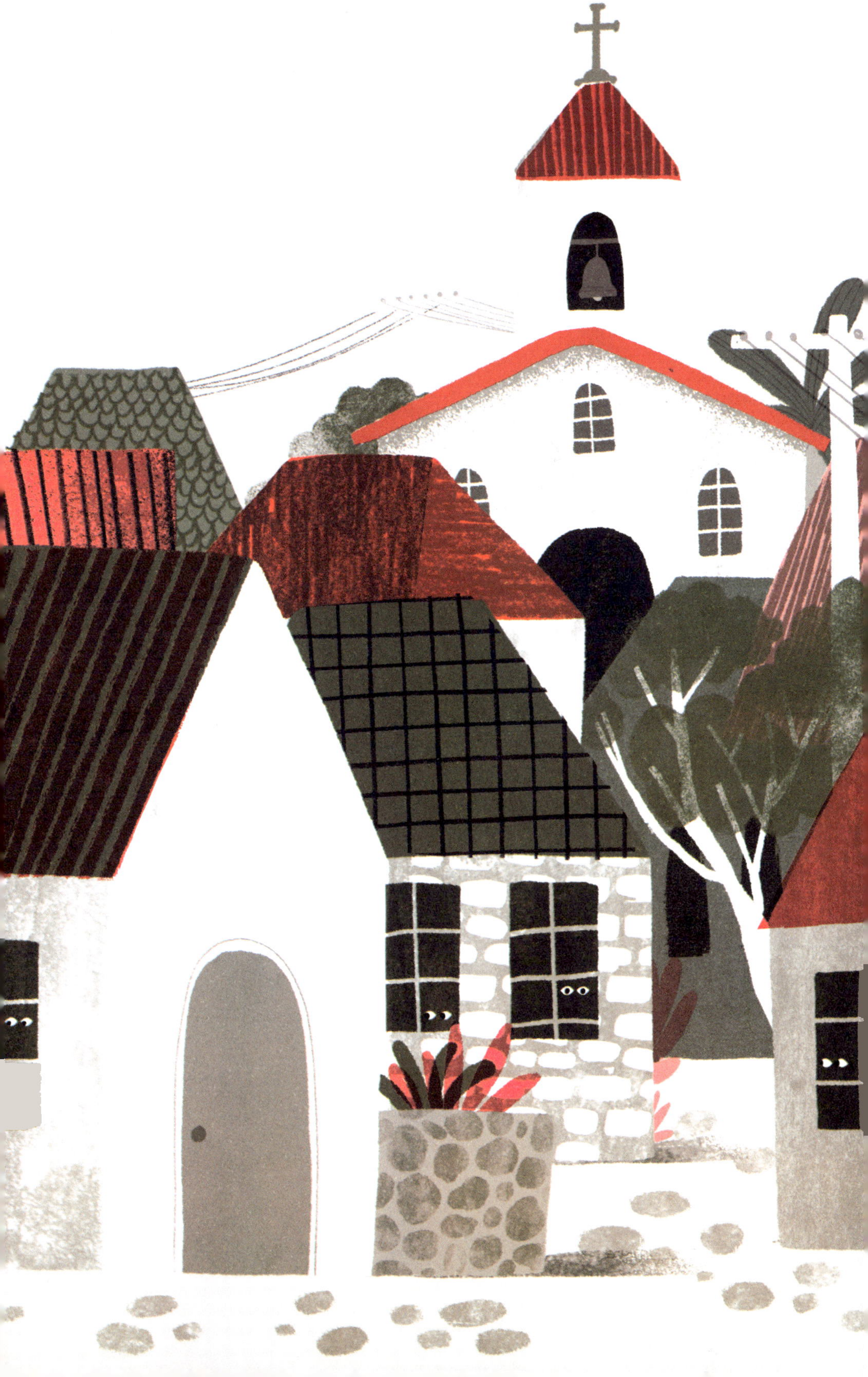

DESCRIÇÃO

acontecido se deu em Cambitos, cidade que se gabava de nunca sofrer delitos e que ficava ao lado do estreito Buraco da Agulha, um lugar onde tudo se patrulha e que quase não se via com o passar do tempo, mas é lá que se passa o acontecimento.

O menino sem nome conhecido cresceu e ficou cabeludo, bigodudo, barbudo, beiçudo, sisudo, carrancudo, um repolhudo que só usava roupas de veludo, um esquisito envolto em mito, e acabou ganhando do povo um apelido: Bruxudo! Pois achavam que ele era um bruxo, um feiticeiro curandeiro, um ser duvidoso, um mago poderoso.

E, para ajudar sua estranheza a aumentar, ele tinha tanto cabelo e pelo que, pelo que me lembro, ninguém sabia quando ele sorria. Se é que isso acontecia.

Cambitos era uma aldeola com algumas casas caiadas, uma igreja cheia de carola, uma praça ensolarada, uma grande escola, uma venda abarrotada e um campo de terra pra jogar bola. Mas isso não era o mais importante. O que mais importa dizer neste instante é que Cambitos era um lugar distante e o povo de lá falava bastante. E se todo mundo, ao mesmo tempo, resolvesse ir à praça conversar, ainda ia sobrar lugar.

O povo de lá era formado por gente de tudo quanto é jeito. Tinha a beata Quara, sempre com uma oração pros males do coração, além de uma tremenda cara de pau para assuntos do bem e do mal; tinha a Tripa Lito, que se enfiava em qualquer conversa e dava suas espetadas, mesmo quando não era convidada; tinha o médico Toco, que havia perdido o dedo mindinho da mão direita quando salvou o Seu Vagem de um engasgo com uma comida malfeita. Mas a coisa mais tacanha nessa história cheia de artimanha é que todo mundo era gente fina, menos o Bruxudo, que era gente estranha. Mas ele não era estranho de verdade, ele só era diferente, e isso era o que incomodava aquela gente.

Seu Cotonete, o morador mais velho da cidade, falava sempre a verdade. E, do alto da sua sabedoria, afagava a cabeleira branca, que de longe luzia, e dizia aos quatro ventos que, desde que era um menino rebento – e olha que isso fazia tempo –, o Bruxudo já era daquele jeito: exótico e estrambótico, andava de um jeito engraçado, como se estivesse sempre desequilibrado, sobre os membros entortados, acredite, pelo peso da sua esquisitice. Aquilo era uma chatice! E, para piorar as coisas, que já eram diferentes, do Bruxudo nunca alguém viu um dente! Porque, além de não sorrir, ele não falava, não se comunicava e seus dentes não mostrava! De alguma forma, que só podia ser trágica, Bruxudo não falava nem palavra mágica! Não dizia palavra alguma. Nenhuma, para ser exato. Nem mágica, nem comum, como qualquer um. Bruxudo seria, então, um bruxo

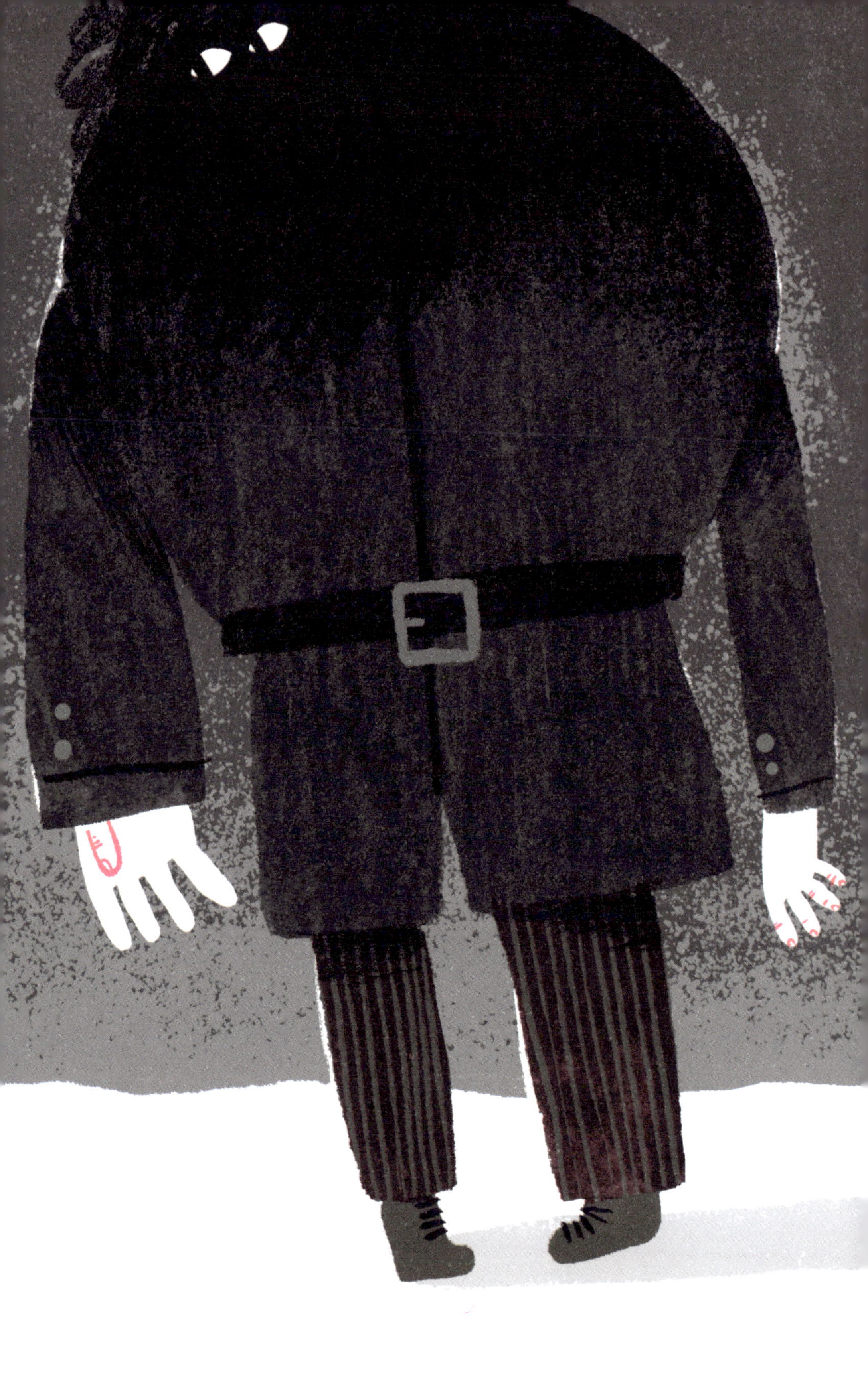

mudo? Tudo isso, acredito, era bem esquisito, e o fazia parecer maldito.

Esse jeito diferente deixava todos embasbacados, afinal Bruxudo era o único cabeludo, bigodudo, barbudo – e outros udos que você possa imaginar, todos juntos, misturados – que vivia por aqueles lados.

E agora vem o principal. Aquilo de que alguém sempre resolve falar mal: algumas pessoas espalharam em Cambitos que, antes de naquelas paragens ele chegar, Bruxudo falava, às vezes sem parar. Mas, de repente, sem motivo aparente, ele calou-se totalmente, em silêncio completo. Amuado, não falava nem por decreto.

Como o silêncio incomoda quem não sabe ficar de boca fechada, a vida dele começou a ser investigada. Alguma coisa tinha de ter acontecido. Claro que havia algum segredo escondido, senão não fazia sentido. E assim começou a indiscrição. Aquela que eu avisei de antemão, na introdução, que viria mesmo sem nenhuma razão.

INDISCRIÇÃO

Um dia, as pessoas começaram a procurar, no presente e no passado, algum acontecimento mal-explicado. A mudez do Bruxudo não era normal! E aqui eu preciso perguntar: O que é normal? Não sabiam eles que ninguém é igual? Pode até ser parecido, mas igual nem gêmeo recém-nascido!

O silêncio do Bruxudo continuava aumentando a falação que tanto o magoava. Quanto menos respostas o povo encontrava, mais a indiscrição aumentava. E ela foi crescendo e ficando enorme, até parecer um monstro descontrolado e disforme.

Sua mudez foi estudada. E do segredo? Nada! Uma resposta não foi encontrada. Nenhuma grande verdade foi revelada. Então uma decisão foi tomada: outra parte da sua vida seria esmiuçada.

Já que ninguém descobriu por que a fala da sua boca sumiu, o povo mudou a questão usando a imaginação. Procuraram alguma coisa anormal ou um fato trivial, qualquer coisa, tanto faz... não faz mal. A população estava desconfiada. Diziam uns que havia indícios. Claro que alguma coisa estava errada. Aquela gente fina estava determinada.

Foi assim que o povo de Cambitos, em vez de cuidar do próprio umbigo, ficou falando do umbigo alheio, inventando no Bruxudo um inimigo, descontrolado, perigoso e sem freio.

E essa indiscrição virou um boato que, como todos, não era baseado em um fato, era só uma falação de um povo sem noção de que a barriga do Bruxudo era redondinha e até elegante no tempo em que ele era falante. Mas depois que ele emudeceu, cresceu, e isso ninguém entendeu.

A questão mudou de vez. Embora fosse a mesma insensatez. De vez em quando, outro indagava: E se ele voltasse a falar, será que a coisa melhorava? Esse fenômeno, naquele tempo, nem a medicina estudava. E, assim como o primeiro, esse segredo ninguém desvendava. Então todo mundo fofocava.

Acontece que qualquer indiscrição é só ar saindo da boca, nada explica, é resposta oca, não responde à grande questão. E, sem resposta diante do desconhecido, tem gente que sente medo e acha que tudo é coisa de bandido, gente anormal, do mal.

E é nessa hora que começa a incriminação. Não importava se o Bruxudo era culpado ou não.

Para os cidadãos de Cambitos, um ser diferente os deixava aflitos, era um perigo, merecia castigo! Até o delegado Bial Gema entrou na discussão. Ficou de olho, prestando atenção. Muito atento, pois a qualquer momento Bruxudo poderia vir a ser um detento.

INCRIMINAÇÃO

Seu Vagem, que já apareceu neste enredo lá na descrição, passou a meter na história o seu dedão. Ninguém sabia ao certo o motivo que o fez se intrometer. Talvez não tivesse outra coisa pra fazer. Talvez quisesse só ver o fogo arder. O fato é que ele, todo finzinho de tarde, sentava-se no banco da praça e tecia intriga, criava trapaça, espalhava desconfiança pra tudo que é adulto, jovem ou criança, contando uma história que, segundo ele – ai, ai – ouvira do pai, um caixeiro-viajante chamado Enve Lopes, que vendia de barbantes a xaropes:

– Vocês sabem por que Bruxudo é tão diferente de tudo quanto é ser vivente? É que ele adora comer criancinha. Se ela for magrinha ou gordinha, altinha ou baixinha, isso não faz diferença nesta história tensa. Mas se a criança for danadinha e mal-educada, que falta às aulas e não aprende nada... claro que o Bruxudo a comerá de uma só bocada! – A garotada ouvia atenta, curiosa e desesperada!

– E sabem como ele faz? – A turma dava um passo pra trás! E logo se aproximava para ouvir mais. – Bruxudo aparece de madrugada, sente o cheiro de coisa errada e, se a criança está acordada, ele não se abala, faz o gesto de quem embala e ZÁS, já engoliu o rapaz! É tão silencioso que ninguém escuta o tinhoso. Fica invisível no ar, ninguém o vê se aproximar, dá uma lambidinha no dedão e – SLUPT – já devorou o João. Chega quase sem respirar, estica o braço devagar, belisca a orelha direita da vítima escolhida e – SLIPT – lá se foi a Margarida!

Seu Vagem seguia a falar mal do Bruxudo sem medo do bruxo mudo. Adorava apontar o dedo pro ar e gritar e gritar e gritar! E o povo de Cambitos se juntava em volta pra escutar. A conversa virava sermão. O sermão virava comício. O comício inflamava o povão. Houve até manifestação da população. E foi lá que Seu Vagem decretou:

– Chega de conversa, nossa paciência acabou! Um homem calado certamente esconde falcatruas. Essa é a verdade nua e crua. Em Cambitos, ninguém se amofina: todo mundo é gente fina! E quem não for, a gente discri... ops, extermina!

O ódio dominava sua voz. Ninguém sabia por que ele estava tão feroz! E ele seguia alimentando a briga:

– Nem só de criança ele deve se alimentar. É melhor você não duvidar! Por mais que nada se prove, ele não me comove. Desconfio que seja até imortal! De noite se transforma, vira algo fora da norma, algo diferente. Uma praga, um açoite que pode acabar com a gente! Eu o vi desaparecer no porto, caminhava como se já estivesse morto. Também o vi carregar uma criança, esgueirando-se na rua, em uma noite sem lua. Meninos, eu vi! Estava nublado, mas vi. Estava longe, mas vi. Na hora quase fiz xixi! Tive medo de chegar perto, lógico, sou esperto!

E era perigoso, era arriscado. Saí de fininho, com cuidado. E aqui, agora, não deliro. Bruxudo é um vampiro! Ou um lobisomem! Ai, que frio no abdômen! Povo de Cambitos, para que mais alarde? Antes que seja tarde, antes que haja o mal feito, precisamos dar um jeito de sumir com esse sujeito!

A incriminação ficou tamanha que todo cidadão de Cambitos tinha uma artimanha, um plano bem bolado, fulminante, para pegar Bruxudo em flagrante. Mas ele não dava sorte ao azar. Sabia que o perigo estava ali a rondar.

Seguia quieto, mudo, sem palavra de defesa. Vivia a maior parte do tempo sem provocar surpresa.

Sob a luz do sol não saía. Sob a luz da lua ninguém o via. E o medo do povo de Cambitos crescia de noite e de dia.

Agora chegou a hora que isso tudo vira um problemão. Ou você não sabe o que acontece quando a gente se envolve em uma falação?

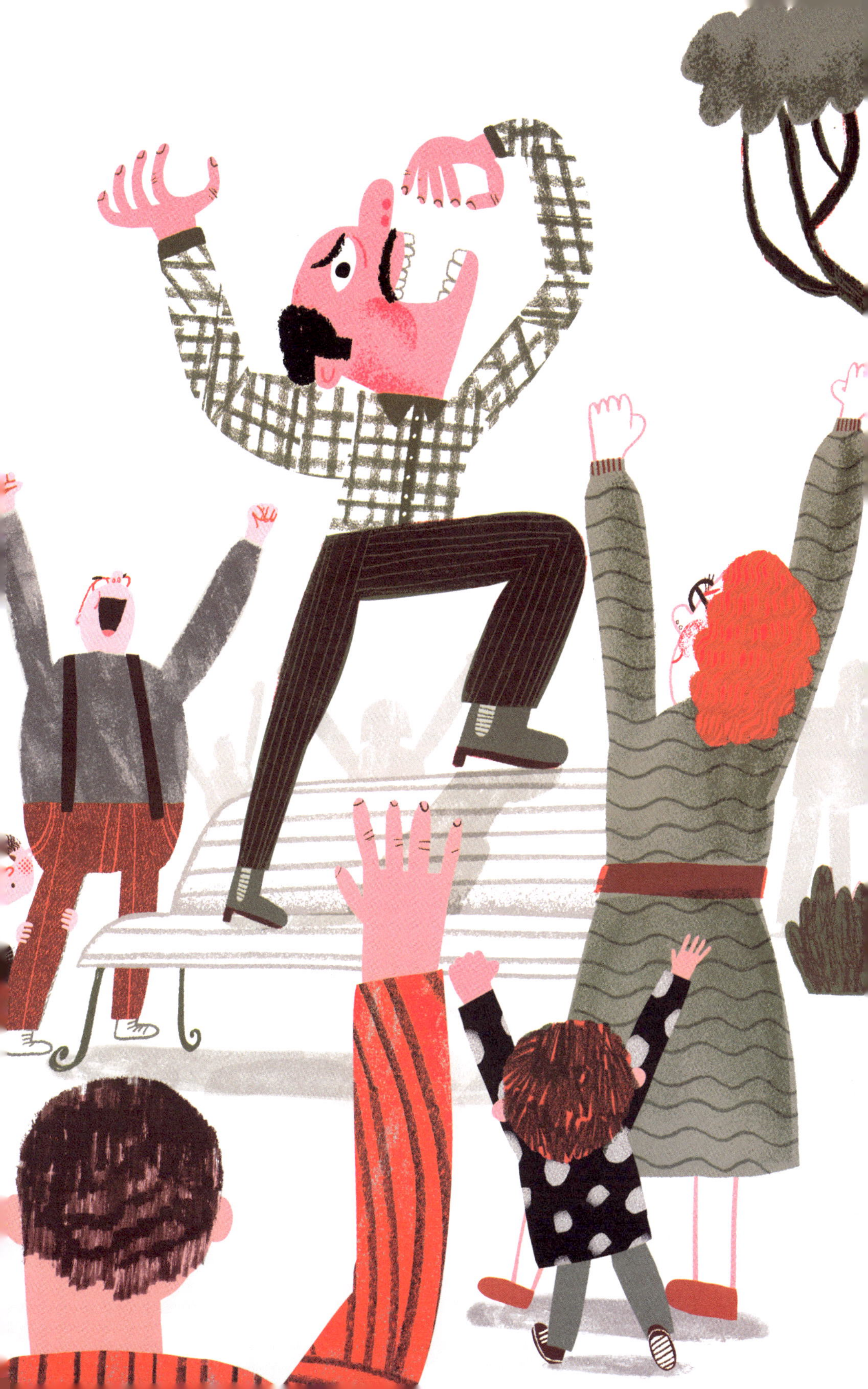

PROBLEMÃO

Aqui uma personagem das mais importantes, da qual a gente não falou antes, entra na história para ajudar ao segredo do Bruxudo desvendar.

Bianca Pim estava atrasada para a escola, não tinha nem tirado a camisola. E, pra piorar, na mesa do café sentiu um mal-estar e perdeu o transporte escolar. Seus pais já não estavam lá. Saíram para trabalhar. Pensou: "Agora tenho de ir andando. Mas como? Só se for me arrastando!".

O que Bianca Pim tinha? Será que você adivinha?

Era uma fome de leão. Daquelas de baixar a pressão. Soube disso ao ouvir um rugido no ar: ROARR!!! Era a sua barriga a confessar uma fome danada, daquelas que não se mata com salada. Vontade de comer duas coxinhas de frango com catupiry, um refri, metade de um javali, suco de sapoti com caqui, duas fatias de torta de abacaxi e, pra encerrar, um chocolate quente com *chantilly*.

E, quando a fome e a vontade de comer se juntavam, as sardas do rosto da Bianca Pim triplicavam.

Só que ali, na mesa do seu mundo real, só havia pão integral e biscoitos de água e sal. A menina preferiu arriscar. Talvez fosse melhor o lanche na cantina escolar.

Aqui cabe uma interrupção inevitável: há três dias, a família de Bianca Pim decidira fazer uma dieta saudável. Nas compras do supermercado, quase não havia leite condensado. Coisa de sua mãe, mostrando à filha que só comer besteira não é caminho que se trilha. Marcaram uma consulta com o médico Toco, que prescreveu o tal regime amigável para toda a família, em que comer bobagem até podia. Mas não todo dia. E alertou às duas ao final da prescrição:

– É preciso dedicação, pois, no início, vocês sentirão uma fome de leão.

Dito isso, voltamos para o problemão.

Mesmo morrendo de fome, Bianca Pim não queria faltar à escola. Se faltasse, sua mãe ia encher a sua cachola. E depois tinha aquela conversa do Seu Vagem, que ninguém sabia se era bobagem, sobre o Bruxudo comer crianças que faltavam à escola! Pelo amor de Deus! Melhor ignorar essa fome que só amola.

Então foi meio cambaleando, meio reclamando, meio praguejando para a escola, que ficava depois daquela subida que ela subia bufando.

A certa altura, sentiu tontura. Pensou que ia desmaiar. Resistiu. Insistiu e não viu. Passou direto pela rua que dava na escola. E agora?!

Cambaleando, bem devagar, não via o caminho passar. Cambaleando com força de titã, findou a manhã. Cambaleando feito um zumbi, subitamente voltou a si. E, sem alvoroço, bem na hora do almoço, ela percebeu tudo: estava em frente à casa do Bruxudo. Agora, medo e fome estavam unidos, e ela perdeu os sentidos!

A essa altura, no centro de Cambitos, uma loucura! Todo mundo estava preocupado, era uma falação desesperada sobre uma menina raptada. O povo estava alvoroçado com o que Seu Vagem havia noticiado.

Bianca Pim não havia voltado da escola. Aliás, ela nem sequer havia aparecido por lá!

Beata Quara suspirou:

– Uh-lá-lá! Ai, Jesus! Credo em cruz!

Tripa Lito emendou:

– Como ela desapareceu? Alguma coisa terrível com certeza aconteceu!

Seu Vagem concluiu:

– Não precisamos nem procurar. Vamos atrás de Bruxudo, me siga quem a quiser salvar!

O pai da desaparecida, acuado, informou a Bial Gema, o delegado, do que havia se passado. O médico Toco relatou a ficha completa, ressaltando que, a pedido da família, fez a prescrição da dieta. E que, no início do regime, a fome de leão poderia transformá-la numa presa fácil, seleta.

Seu Vagem aproveitou a falação e, sem nó na garganta, fez cara de quem se espanta e vociferou:

– Povo de Cambitos, está na cara o que aconteceu. Essa menina foi levada pelo Bruxudo! E eu ainda não disse tudo! Se não corrermos e formos firmes, logo ele vai legitimar o crime. Vamos todos salvar Bianca Pim! Vamos subir a colina para essa história ter um fim!

E, assim, toda a população de Cambitos saiu em procissão em busca de confusão.

Quando acordou, Bianca Pim estava sentada à mesa, numa enorme cozinha. E não estava sozinha. Ao seu lado, Bruxudo comia calado. Ela viu um garfo na mão tronchuda e um líquido vermelho que empapava sua cara peluda. Pensou: "Ai de mim! Ou morro de fome ou ele me come e morro mesmo assim!".

Quis gritar, mas não conseguia. Não tinha forças com a barriga vazia. E havia um cheirinho bom no ambiente. Cheiro de comida quente, com bastante nutriente, e viu um pratão de macarrão com molho de tomate e manjericão que estava à sua frente.

Bruxudo enfiou seu garfo na porção da massa que fumegava numa panela – e ele comia nela –, enrolou-a rapidamente no talher e, como quem nada quer, fez um convite impossível de recusar:

– Vamos almoçar?

A comida ainda fumegava na panela quando Bianca Pim ouviu um barulhão entrando pela janela.

Era o povo de Cambitos que chegava ao topo da colina e ameaçava em coro, como quem vaticina:

– Devolva Bianca Pim! Não a coma com alecrim! Se não a devolver, nada vai nos deter, e você irá morrer!

– Devolva Bianca Pim! Não a coma com alecrim! Se não a devolver, nada vai nos deter, e você irá morrer!

– Devolva Bianca Pim! Não a coma com alecrim! Se não a devolver, nada vai nos deter, e você irá morrer!

Depois disso, um grande silêncio se formou. Será que o povo de Cambitos se tocou?

E, quando o silêncio começou a se agigantar, as dobradiças começaram a chiar e a porta da casa de Bruxudo se abriu lentamente.

De dentro da casa, saíram Bianca Pim e Bruxudo. Ela com cara de quem ia discursar, ele, como sempre, com cara de que ia se calar.

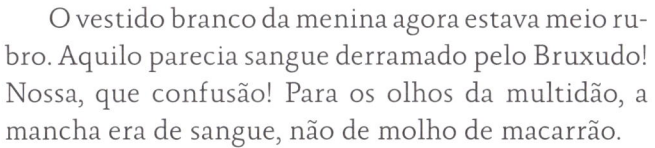

O vestido branco da menina agora estava meio rubro. Aquilo parecia sangue derramado pelo Bruxudo! Nossa, que confusão! Para os olhos da multidão, a mancha era de sangue, não de molho de macarrão.

A urbe enfureceu-se ainda mais. E todos começaram a agir como boçais. Algumas pessoas jogavam pedras que atingiam o telhado, outras só ficavam olhando com olhar abobalhado. Alguém acertou a janela e, dentro da casa, derrubou a panela. Outra pedra amassou a prataria. O povo de Cambitos era ruim de pontaria.

É neste ponto que a história carece de solução. O Bruxudo vai ser apedrejado sem ninguém provar que ele é o vilão. E isso a gente sabe que não é certo, não!

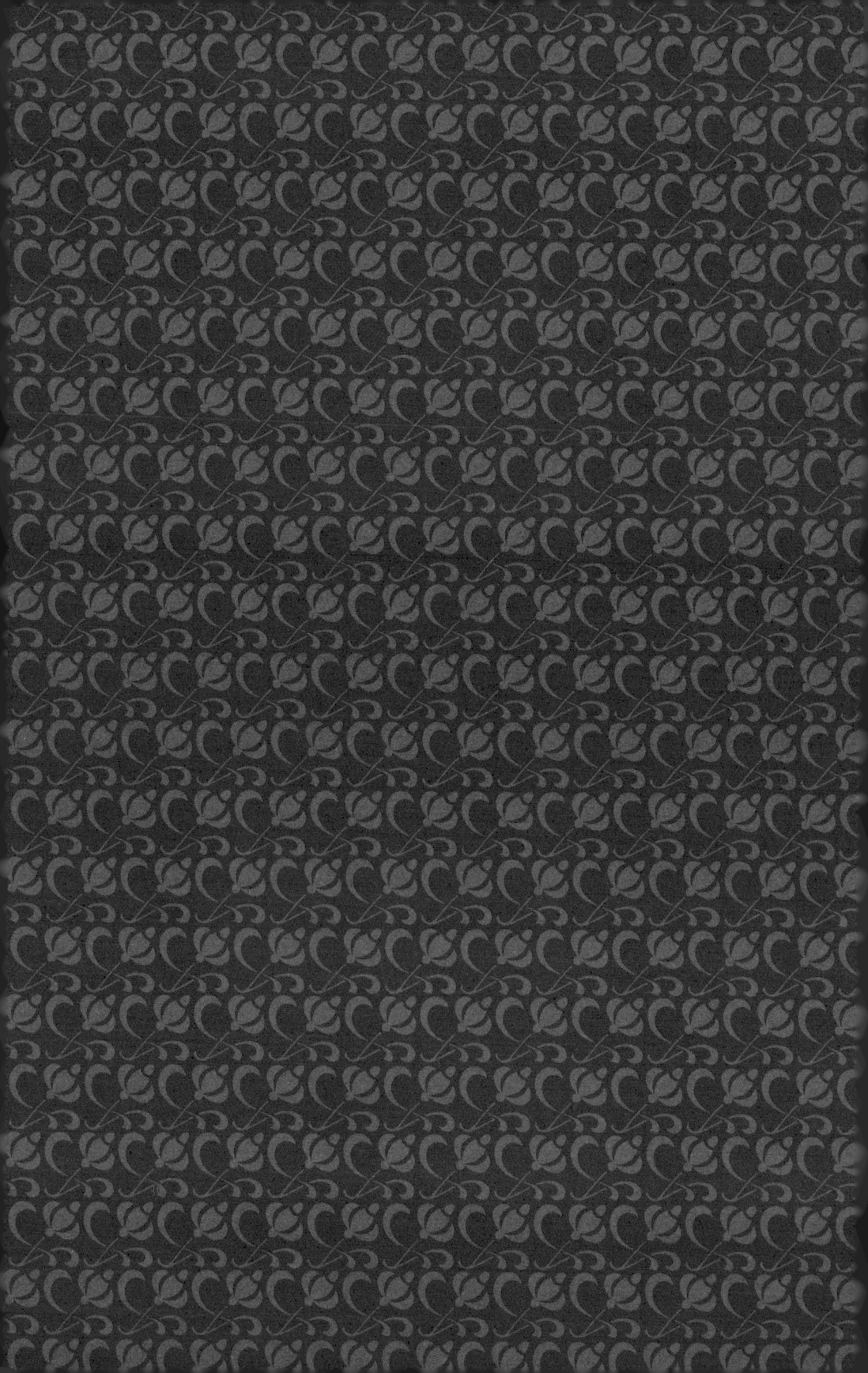

SOLUÇÃO

Chega de palhaçada!

E quem disse isso foi Bianca Pim, que estava cansada daquelas verdades inventadas.

– Por que vocês estão aqui maltratando o Bruxudo? Ele não fez nada além de, diante da fofoca de vocês, continuar mudo!

Bianca Pim estava furiosa! É que, enquanto estava na casa do Bruxudo, ela matara sua fome escabrosa. E algumas coisas da vida dele que estavam escondidas a deixaram bastante comovida. Ela descobriu que a história por trás da lenda é bem fácil de ser contada. Nem tudo que todo mundo fala abala. Mas, muitas vezes, tanta falação é injusta e sem razão.

E a menina continuou a espantar todos que ali estavam prontos para o Bruxudo açoitar.

– Os segredos do Bruxudo agora serão revelados. Não por ele, que insiste em ficar calado. Nem pelo Seu Vagem, que até aqui só falou bobagem. Nem por nenhum de vocês, pois sei como agem! Em Cambitos, parece que ninguém tem coragem. Os segredos serão revelados por mim, que comi dois pratos de macarrão até o fim e descobri o que ninguém conseguiu ver. E que ninguém ouse me interromper! É a verdade o que vou lhes dizer! E, depois que eu falar, quero ver quem tem coragem de me enfrentar!

– Bruxudo é mudo porque ninguém o escutava. Porque quando aprendeu a falar, ele gaguejava. Porque verbos ele não conjugava. Porque preferia o silêncio, então se calava. Por qualquer razão que no fundo não importava. Cada um fala o tanto que acha certo, isso não define quem é o mais esperto – disse a menina sardenta. E a multidão ouvia, atenta.

– Bruxudo é assim, gigante, olha que interessante, porque gosta de cozinhar. Porque gosta de ver uma pizza assar. Na sua dieta, nunca houve criancinha. Seu prato preferido é canja de galinha. Embora não resista à fritada de sardinha. A única coisa que ele detesta é abobrinha. O legume e o outro sentido da palavra: os disparates que nos trouxeram a este debate. Desde pequeno, comia tudo o que fazia. Nunca sentiu azia. É da sua natureza. E isso é tão problema quanto o penteado da duquesa – prosseguiu a sua explicação para a multidão.

– Bruxudo é feiticeiro? Claro que não! De todos os erros nessa história, esse foi o primeiro. Quase um erro trágico, que aconteceu porque desde pequeno ele estuda truques de mágica. Um dia, ainda jovem, sozinho, olhando no espelho, fez surgir um coelho. Depois, com um gesto, disse: desapareça! E o coelho sumiu, escondido em sua barba espessa. Alguém que nem devia estar lá viu esse treino e começou a tagarelar. E esse alguém espalhou que Bruxudo era o que nunca foi.

"Será que isso é verdade?", o povo de Cambitos se perguntava. "Se for, nos faltou bondade!", e admitir isso machucava.

– E ele deixou todo mundo pensar que assim era porque nunca se importou com gente tagarela. De fato, ele é só um pouco diferente; é grande, peludo e calado, gosta de fazer umas mágicas bobas, mas é bem parecido com a gente, às vezes está feliz, às vezes mal-humorado – ela continuava discursando porque a multidão estava gostando.

E a pequena Bianca Pim concluiu seu discurso para o povo de Cambitos:

– Vocês dizem que são gente fina. Mas gente fina não é quem, na surdina, a vida dos outros recrimina! Para ser gente fina de verdade, precisa respeitar a privacidade. Eu gosto de comer batatinha, doce de leite de colherzinha, torresmo com sardinha. Bruxudo também é assim. Deu-me comida e abrigo. Virou meu amigo. E antes que alguém diga que é pecado, olhe para quem está ao seu lado. Todo mundo aí está com cara de faminto! Alguém tem coragem de dizer que eu minto? E, graças ao bom destino, Bruxudo tem tino e fez um caldeirão extra de macarrão com molho de tomate e manjericão. Dá para alimentar esta multidão. Já é hora dessa joça acabar. Vamos almoçar?

EPÍLOGO

Sei que, no começo do livro, este epílogo não foi citado, mas algumas histórias têm um epílogo mesmo quando ele não é previamente anunciado. E aqui o epílogo é de suprema importância. Enfim, o momento crucial desta história de intolerância, militância e ignorância.

No horizonte, o Sol se espreguiçava. O fim do dia se anunciava. Bruxudo só observava. Numa rede, Bianca Pim roncava. No topo da colina, todo o povo de Cambitos se refestelava. A macarronada estava uma delícia. Ninguém imaginou que ali houvesse malícia. Até que se ouviu o primeiro gemido, agudo, comprido. Foi o último suspiro do Seu Vagem, que morreu ali na paragem.

– Já vai tarde – disse um.
– E com alarde – disse outro.
– Eita! Tô sentindo um trem – disse um outro alguém!
– Ai! Eu também!
– Ei! Eu também!
– Ui! Eu também!

De repente, a tragédia se deu: todo mundo morreu!

E até hoje ninguém entende o que foi que aconteceu.